Doris Runge

grund genug

Doris Runge

grund genug

Gedichte

Deutsche
Verlags-Anstalt
Stuttgart

stille wildnis

kein zimmer mit seeblick

das blaue wunder
im kopf
und den glauben
daß es weiter geht so
und mit blattgrünem himmel

und daß der blick hält
was nicht länger festhält
die treibenden fäden
eine vorübergehende trübung
im glaskörper des auges

das blaue wunder
der glaube
daß uns das licht
nicht ausgeht
vor dem einschlafen

zuflucht

ich kreise
aus der bekannten welt
fällt kein schatten
ich schnäble
mit dem schwarzen
steige falle wie eine
liebende fällt
aus großer höhe
liege auf weißem laken
still mit geöffneten augen

ankunft

die stille
vor dem sprung
der angehaltene atem
vor dem schlag
die luft
stahlblau
gehärtet
das schwert
eines engels
mein roter federbusch
hüpft auf und ab
mein kopf
in vorauseilendem
gehorsam
rollt ihm zu

sommer

das war ein blutsturz von rosen
der heiße rücken der erde
das war ein altmodischer sommer
aus einem anderen leben
ich will nicht abschied nehmen
von dort wo ich nie war
von der tafelrunde grüner blicke

wer gibt uns die bilder
zurück
oder den traum
die feuerbälle
wer legt uns glut
in die ausgebrannten augen
streut asche
auf vereiste herzen
pfade die noch zu gehen sind
bis zum ende
bis zum wegkreuz
als hätten wir
eine wahl

stille wildnis

weich unterm regen
sumpfige
teiche leben
im schlammigen grund
die langen wurzeln
mein fleisch
schwimmt
als grüner schatten
davon
ein geflügelter fisch
öffnet die augen

die sehnsucht erfindet

dich
einzig
der gesang
trägt
dich
wie du dich
an mein herz bettest
hart und zäh bleibst
und es erstickst
langsam
in liebe

pas de deux

wechsel
schritt und
vor und
rück und vor
und drehn
paar verschwindet
bild bleibt stehn

aber

die abschiede
und himmelfahrten
sind dir gewiß
was du abwirfst
sagt der ballonfahrer
was du losläßt
was dich losläßt
lösungen
erlösungen
weiter geht es auch
ohne erleuchtung
weiter
mit ablandigen winden

ich will

den tod
nicht vor dem abend
loben
schließlich
ist da noch etwas
abzuleben
auszugeben
auszuteilen
mitzunehmen
ein bißchen nachbeben
für das verpaßte
der fällige wechsel
für den motor
bis mir
das ausgelaufene
modell
zum spottpreis
zufällt

der schreitet aus

wie ein bauer
über aufgebrochenem acker
über rehbraunem asphalt
der schlug mir den sommer
aus der decke

der setzt auf
kahle sätze
auf nadeln
auf dornen
der rückt mir zu leibe
mit mullweißen nebeln

noch immer

die gleichen wege
der wechsel
zwischen
zwei dunkelheiten
der tag
in losen angeln
flicht mich ins rad
zwischen
zwei dunkelheiten
tag für tag
die gleichen wege

das muß ein ende haben

das lamentieren
die klagen
selbst wenn man
nicht mehr im bild ist
gehört man dazu
unsichtbar wie die meisten
ein milligramm glück
reicht für das ganze leben
viel mehr ist ohnehin
unerträglich unglück
und gegen das paradies
und für die menschwerdung
hatten wir uns schon früher entschieden
für bratäpfel und gerupftes geflügel
für die freie wahl
mit messer und gabel
zu essen
was uns auf den tisch kommt

hinterlassenschaft

gras
wie grün den toten
das haar wächst
für den wind

der stein
über dem einschlag
eingeflochten von moos
das gedächtnis

grünverhangen
aller scharfen umrisse
aller schatten beraubt

aber dein handschuh
meine hand in deiner
neben dem stein im gras

zehn lebendige finger
bereit
das gras zu schneiden
den stein zu wälzen

sinkflug

ich schließe

einen pakt
mit dem schweigen
oder wollen sie
einen raschen satz
gegen über für
um dabei
gelesen zu sein
klarer zu sehen
und schwärzer
eselohrige makulatur
ein ablaßpapier

dies aber ist
die verschwörung
das blatt
das zeichen

windstille
hier sagt die legende
überlebten wir
alle erlöser

kopffüßler

was heißt hier verrat
und trittbrettfahrer
weißt du wie man aufspringt
wenn man abspringt
vorankommt
im zurücklassen
keine ratschläge bitte
von einem wie dir
der das tägliche einmaleins
im kopf bewegt
dem arme ellenbogen fäuste
noch wachsen müssen

sinkflug

mein abwinken
ein zurückblicken
die späten tage
zu den frühen
wie sie auffliegen
und besitz nehmen
von alten plätzen
tätowierungen
auf dem kahlen rücken
der kindheit
vor dem sinkflug

nachtrag

dieser handlauf z. b.
weiß nichts
von schwung und abfedern
und wie man
auf die füße kam
wieder und wieder
die stufen
nichts
vom auf und ab
nicht einmal die fundstücke
erinnern sich
dieser hut vergaß
den jäger der gamsbart
die gams
der mantel
den träger
der haken weiß nichts
vom erhängten
im gerätehaus
finde ich spaten
und besen

wer will einlaß

das mißhandelte
von der zeit besessene
und sein zwilling
das kind mit den katzenleben
ich sah wie sie ihm
das herz ausrissen
sah es aufstehen
und gehen
aufrecht
in zu großen schuhen
sah es
hineinwachsen
und die vogelkadaver am weg
so lernte es singen

ortsschild

hinter dem namen
bleibt es zurück
bleibt mir
verborgen
was ich sehe
was ich sah
verschwand
keine brücke
von bild zu bild
aber den vogel
erkenn ich wieder
der über der lücke kreist

fernbedienung

die taste
für letzte wörter
von geschmeidigen lippen
kein gefleckter rachen schreckt mich
der herzschlag regelmäßig
diese nacht wie
die vergangene
auch die letzte könnte
von gleicher gangart
vorübergehend sein

ich

sagt diese stimme
mein erbstück
mein wortführer
mein lispelnder versucher
mein mönchischer bruder
ich teile deine zelle
die verrückten früchte
deiner hirnschale
ich bin deine hand
dein mund
ich bin da
wenn der kuß fort ist
(dein bißchen glück war immer sprachlos)
ich zimmre dir ein leben
beleg dich rückwärts mit daten
beschönige verschweige
das macht sinn
ich war dein himmelschreiender anfang
deine greisenhafte verweigerung
dein trotziges ja hier bin ich
und ich bin
auf dem rückzug
langsam
unaufhaltsam

meilenweit

vom feuerspeienden anfang
entfernt
nur noch
das glimmende ende
ein gelbfleckiges papier
haut die haut schwärzt
ausbrennt
im günstigsten fall
eine hand
über der asche

ein riß

im blinden fenster
kein tag
aber die ungebetenen
die aschermittwochskinder
mit hilflosem flügelschlagen
mit widerhaken tief
im rest

traumwandlerisch sicher
nenne ich sie alle
bei meinem namen

ein weib

ich kannte ein weib
das ging unter wolken
mit haar vom morgenrot
und gänse flogen auf
und zweibeiner legten
den kopf zwischen die pfoten
ich habe seine spur
verloren niemals
sah ich dies weib
aber das greinende
die flügel in fetzen
das um die fenster streicht

lieb schwester

wie milch dein haar
dein häubchen
weich der brei
dreh dich nicht um
sieh mich nicht an

mit einem blick
schwarz und weich
und warmes tuch
dreh dich nicht um
sieh mich nicht an

noch lieg ich mit
dem kopf zum land

der eingeborene

ich nähre dich
du wächst
in mir
wirst du größer
ich kleiner
mit jedem tag
meiner (abnehmenden) zeit
bin ich dein fleisch
lange schon lese ich
mit deinen augen
sehe ablandige schiffe
auch den liebsten

ortsausfahrt

die augen schließen
und sehen
die anfänge
buchstabieren
die losen enden
zusammenfügen
das stöckchen finden
das den reifen treibt
über kopfstein
und sommerwege
bruchstücke montieren
die kuhwarme welt
erfinden

nachsicht

die ringe
keine rippe hält
die abgelösten
vom baum
zu meinen füßen
zucken sie
öffnen
schließen sich
wie verrückt
nach leben

meine feder

eigenwillig drehend
um die fallinie
jahre hinab

ein vogel
in der hand
einer wartenden

die schreibt
schreibt
sich fort

nach osten
durch den schnee
und schüttelt

frau holle frau holle
die kissen
für eine wiege

die wartet
wie ein sarg

das kommt

und verliert sich
das sichtbare
das graugewirkte
das tagwerk
verliert sich
im alten muster
am langen faden
verlängerung
eines lebens
das rückwärts
vergeht

antwort

aber ich breche dir
wörter wie brot
streue krumen
auf weiße wege

elstern folgen
füchse nehmen
witterung
du aber fürchtest dich

vor dem schnee
vor der stille
vor dem gläsernen
gesicht

vor dem augenblick
wo der vogel
seinen schatten erkennt
die erde berührt

grund genug

die beute

die flosse im stein
der vogel
der abdruck
eines fußes

aufbruch
aus der savanne
flugsand
blechsterne
leuchten
blinklichter
grüne ampeln
für einen flügelschlag
zeit geister gehen um
mit toxischem atem
wann wird es dunkel

dann brechen
die kapseln auf
dann gibt der stein
die flosse frei
und den vogel
dann wird
kein stein
oder ein stein
alles sein

nicht mehr

nicht weniger
grund
genug
den blick
gen himmel
zu heben
abends
noch immer
der einfall
der krähen

vom tagwerk
(eine fallstudie)

heben senken öffnen
schließen
hände fäuste
dateien
ausfälle einfälle
schneefall
in den höhenlagen
eisheilige zeichen
vom laufenden meter
zeit tag stunde
sieb durch das
die sonne fällt
goldwäscherarbeit

das andere leben

über dem wasserspiegel
hebt die schwanenblume
den hals
bärenklau und schuppenschwanz
leichtfüßig
setzt der blutweiderich
über gräben
drei sorten baldrian
für die übergänge

steine

die inschrift
eine schleimspur von schnecken
eine glänzende verlassenheit
unter den steinen
das kalte herz
und über allem
die schleifspur des himmels

ronda casino
geschlossene gesellschaft

die schwarzberockten
auf zerschlissenem chintz
auf losen sprungfedern
über dem kaffeesatz
dem schwarzgeflügelten
eine spanne voraus

abends in ronda

verschüttet
der matador den roten
und geht
über die rücken der berge
zum meer
die schlafenden tiere
ertrinken
in rot

seele

schwarzledern
der engel
in reisestiefeln
im staubmantel
als sie den irdischen
mund beschlief
jetzt schmeckt
mein fleisch
erde
jetzt sehnt es sich
und übt
an jedem abgrund
fliegen

vielleicht

ist ein weißer fleck
eine aussicht
eine gegend
geschützt
vor der einsicht
alter augen

vielleicht
ist besiegbar
was uns besiegt
nur eine frage der zeit
ein neues zusammenspiel
der gene
programmierbar
was rettet uns dann

klosterkirche in c

der für immer
zwischen
himmel und erde
zerrissene
aus seiner gottheit
unerlöste
hoch über uns
im gewölbe
hoch über ihm
über uns
gelassen
ziehen
vögel
ihre schleifen

am abend
trägt der himmel
keinen
vogel mehr

beschirmtes leben

das geht
vergeht
auch das leiden
an und auf
linnen seide
mischgewebe
aufrecht auch
das vergeht
privates
öffentlich
rechtliches
rauschen
nacht schlaf
der schnee
von einem
anderen stern
der geht

liebe

das wort
der schrittmacher
beinern und
sterblich
hier ist es
gegangen
ein feuer
sturm
ein rauch
zeichen
eine säule
nicht stehenbleiben
umblättern

rückfall

wie flink das messerchen
sein werk verrichtet
wie leicht
die klinge
zwei faulige hälften
teilt
und schält
und bis auf die knochen
und zu welcher belehrung
bis die blutung gestillt
und abermals
der geruch süßlich
aufsteigt

schnee

so weiß so rot
der schnee
weiß
fällt der wind
weiß fällt
das hemd
immerweiß der kehllaut
der luft
immerrot der kehllaut
im eisen
immer weiß
der tag von seiner
spur

mittelalterlich

mutet das an
die sprünge reichen
weit zurück
man braucht ein leben
bis man einspringt
grüß gott der herr
küß die hand die dame
ach wie jugendlich hüpft
das implantat
auf auf mit frischer farbe
haar und haut
mit zierlichen schritten
wie einst zur geige
war das noch schwarz weiß
natürlich sollen sie mir
nahetreten wenn nicht jetzt
wann dann

sirenenlieder

aber das meer

sagt der seemann
und mein schiff

meinetwegen auch die küste
ein restleben
bier burger
beischlaf

aber das meer
und mein schiff

und die schwimmhäute
zwischen den zehen
die fischschwänzige
und die unausbleiblichen
folgen

für die standfestigkeit
eines zweibeinigen lebens

sirenenlied I

was fängt
der zweibeinige
in seinem netz
einen fisch
einen törichten fisch

was trägt
der zweibeinige
in sein haus
einen fisch
einen toten fisch

ein schlag auf den kopf
das silber geschuppt
die zunge heraus
gerissen

nun ist es still
in der nacht
und der mond
scheint so schön
und wir reden

von liebe

undine

löst ihr haar
aus der welle
das lied von der zunge

riß das auge
aus der nacht
zerschnitt

das tanzkleid
das brautkleid
das totenkleid

treibt die ungeborenen ab
den blutigen anflug von seele

das versprechen

und dann war es still
wie im märchen
schliefen
die fliegen an der wand
die skorpione im sand
der bösewicht versäumte die tat
dornröschen
vergaß ihren kunden
über hundert mäuse
im schlaf
die lieben zwerge
in sieben särgen
träumten
von ihrer wiederkehr
und ein prinz
von blutigen schuhen
ruckedigu

ich erlöse euch
sagte die dreizehnte
das ist ein märchen

die sphinx

an der kasse
lächelt
schweigt

registriert

katzenfutter
dauerwurst
pasteurisierte milch
das fehlende preisschild
die summe

die unbekannte

zu erforschen
dauert
eine ewigkeit
das rätsel zu lösen
hier und jetzt

ihr lächeln

sirenenlied II

weiß ich was
was du nicht weißt

ein wasser so tief
ein grund für ein leid
eine hand

zu zweit
die fischschwänzige
wahrheit

was ich dir ließ
mich
ließ ich nicht

was du nicht losläßt
dich
laß ich nicht

die zweite natur

mit den augen des spielers
von schlag zu schlag
grün lesen
mit galilei
das buch der natur
die mathematik von sonnenblumen
kinder am langen arm der mutter
das ammengesicht des mondes
vom berg calar alto
den tod eines kometen
unsere zweite natur
ist unsere spezifische
sagt die muschelhäutige
und forscht
und entschlüsselt den code
der ranken
das immergrüne
verlangen nach umarmung

der sänger

im sumpf
im schilfgehölz

will er
das rohr
schlagen
den zauber
brechen
dienstbar machen

das lied rauben
will der sänger

das lied
gegen die angst
aus der angst
die lust
lustvoll
die flöte schneiden

heimatmuseum

der mann ein mensch
das weib ein leib
und auf den äckern
das rad
und auf den wiesen
weidet
das einfache leben
in grünen gummistiefeln
geht es vergeht es
hier ging
die tolle marie
zum see
die engelmacherin
dort lag das bündel
im schnee
schneerosen seerosen
marie

traumfrauen

die weiße aus
dem schnee
die entseelte
mit dem phantomschmerz
die hellsichtige
mit dem dritten auge
die abgetriebene
schöne wasserfrau
die lügnerin
den kopf
unterm arm
das opfer die täterin
geh schlafen
mrs jekyll
geh schlafen
mrs hyde

das meer

hörst du mich
in der muschel
von dir weiß kein lied
keine spur

dein haus ist ein steinbruch
dein wort ist ein wortbruch

ich will dich nehmen
wie ein weib

ich will dich nehmen
wie ein weib
dich nimmt
zurücknehmen

sieh nur
über dir nichts
als der schrei
geflügelter ratten

Inhalt

stille wildnis

sinkflug

grund genug

sirenenlieder

Die Deutsche Bibliothek –
CIP-Titelaufnahme

Runge, Doris:
Grund genug : Gedichte /
Doris Runge. – Stuttgart:
Deutsche Verlags-Anstalt, 1995
ISBN 3-421-06689-2

Typographie: Brigitte und
Hans Peter Willberg, Eppstein
Satz aus der ›Meridien‹:
Dörlemann Satz, Lemförde
Druck und Bindearbeit:
Druckerei Pustet, Regensburg
Printed in Germany
ISBN 3-421-06689-2